Le
1ᵉʳ MAI 1842

AU ROI.

Et maintenant voici : Je connais que certainement
tu règneras, et que le royaume d'Israël sera ferme
entre tes mains.

SAMUEL, liv. 1, ch. XXIV, v. 21.

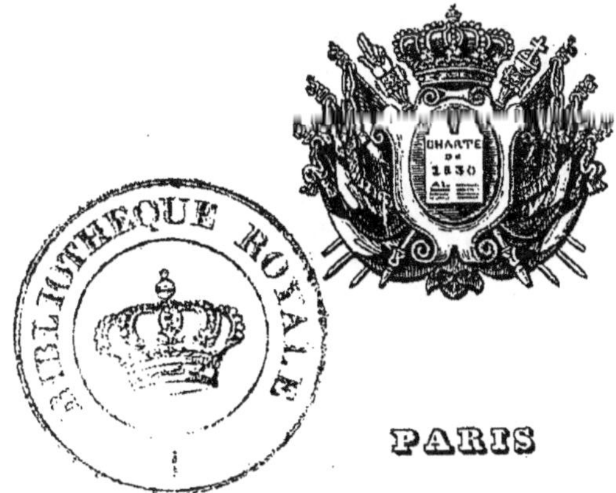

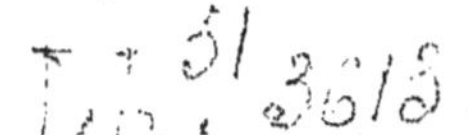

PARIS

A la Librairie place St-André-des-Arts, 15.

1842

AU ROI.

LE 1ᵉʳ MAI 1842

Au Roi.

Les grands corps de l'État se présentent au
château des Tuileries :

Pairs,

Députés,

Conseillers d'État,

Ministres,

Directeurs-Généraux,

Juges,

Officiers publics et ministériels,

Généraux,

Officiers des armées de terre et de mer, et de la Garde nationale,

Académiciens,

Savants,

Artistes,

Ambassadeurs,

Membres du Clergé catholique,

Membres des Cultes dissidents,

Enfin tous les personnages éminents, qui tiennent à l'organisation sociale, dirigent les affaires, engagent notre conscience, assurent nos

rapports avec les autres peuples; qui ont un intérêt de haute intelligence et de nationalité à
maintenir, à consolider les institutions de notre
pays.

Or, ils encensent Louis-Philippe Ier, et pour
ses actes passés, et pour les espérances qu'ils font
naître; ils l'entretiennent de leur reconnaissance
et lui expriment les vœux les plus empressés et
les plus sincères.

Parlent–ils en leur nom, et uniquement de
ce qu'ils éprouvent de sentiment intime et personnel?

Non.

Ils ne font que reporter à l'auteur de notre
bien-être ce qu'ils ont recueilli en nous d'élan et
de gratitude;

Ils ne font que se rendre l'écho de l'enthousiasme populaire qu'excite en France un souverain aussi habile, aussi perspicace que le Roi
Louis-Philippe Ier;

Ils ne font que redire à notre Monarque *bien-aimé* ce que pensent tous les peuples de l'Europe.

D'où vient cette unanimité de désirs satisfaits et de souhaits si purs, formés en un même jour?

C'est que les vues se confondent dans la prolongation d'une paix qui est l'œuvre de la volonté du Roi, de sa sagacité persévérante.

A qui profite-t-elle, cette paix qui est son ouvrage et le prix de ses efforts?

A toutes les nations.

Quels fruits apporte-t-elle à sa suite, qui commandent de bénir les mains dont on les reçoit?

Nous le dirons en peu de lignes, mais nous le dirons : car, pour nous, quoique partie infime de la société humaine, c'est un bonheur de pouvoir employer ce moyen de manifester publiquement l'amour respectueux que les bienfaits du Roi ont fait germer au fond de notre cœur.

L'industrie, libre dans son essor, fait fleurir

l'agriculture et le commerce. — Les inventions, les découvertes, les perfectionnements se multiplient et se propagent, et projettent dans toutes les classes ce mieux qui était autrefois le privilége de la fortune. — Des banques et des chambres consultatives des arts et des manufactures sont établies dans plusieurs de nos grandes villes, afin de favoriser les transactions commerciales et les opérations du génie manufacturier.

Les travaux publics les plus étendus s'exécutent au milieu de la sécurité générale : des routes nouvelles s'ouvrent de toutes parts ; les routes anciennes s'améliorent ; de grandes lignes de chemins de fer se préparent. — Si les communications deviennent plus nombreuses et plus faciles, combien nos villes s'embellissent et s'assainissent chaque jour !

Ce qui prouve le mouvement de prospérité imprimé au pays, c'est que les revenus indirects se sont augmentés de quatorze millions !

Les mœurs, toujours si mauvaises à la suite

des révolutions, toujours si difficiles à diriger au milieu des évaporations de la rue, les mœurs ont reçu l'influence de l'ordre qui s'étend sur tout; et cela est si vrai, qu'on vient de faire des modifications importantes au Code d'instruction criminelle.

Il est vrai aussi que l'instruction publique concourt à ce succès par l'entente parfaite des mesures que l'Université ne cesse d'adopter sous la puissante impulsion du Roi et d'un ministre qui a fait longtemps l'orgueil des lettres. — De nouvelles chaires d'enseignement sont créées.

L'Église vient en aide à l'université; elle éclaire l'esprit en propageant la foi qui est la lumière et la nourriture de l'âme. — Les temples sont remplis de fidèles priant le Dieu des chrétiens de répandre ses bénédictions sur un monarque que la France vénère, et sur sa famille dont les bontés sont inépuisables. — Les temples sont remplis de fidèles qui demandent à Dieu la conservation des liens de la famille chrétienne : Croire c'est aimer, aimer c'est obéir, obéir c'est remplir ses devoirs.

Tandis que nos armées se glorifient en Algérie et que la force de nos négociations conserve l'Égypte à Méhémet, nous diminuons l'effectif de notre armée d'un cinquième, rendant ainsi , à l'agriculture, au commerce, aux affections maternelles, un grand nombre d'hommes devenus inutiles à nos drapeaux.

En même temps que le Roi assure à la France cette belle possession de l'Afrique septentrionale, il appelle nos autres colonies à jouir des dispositions du Code Civil, relatives aux hypothèques et à l'expropriation forcée, il règle les attributions des conseils coloniaux en matière de finances.

Rien n'échappe à son attention paternelle. Les sciences, les arts, la littérature reçoivent des encouragements nombreux, et, lorsque, savants, artistes, littérateurs, tombent dans le besoin, ou arrivent à l'âge de la cessation forcée des travaux de l'homme, le Roi leur prodigue des secours empressés ou des pensions qui les mettent à l'abri de toute crainte de misère.

HONNEUR A LOUIS-PHILIPPE Ier !

Vive le Roi!

Nous ne séparerons pas ce que le peuple a l'habitude de confondre dans son amour :

Vive la Famille Royale!

Certes il n'est pas de princesses et de princes plus dignes de vénération, de dévouement, de respect profond !

Nul ne s'adresse en vain à leur généreuse humanité ; nul ne va au devant du malheur avec un

zèle plus discret, avec un abandon plus méri-
toire, plus digne, plus grand !

Un incendie a-t-il détruit des chaumières? Les
eaux ont-elles entraîné des villages? Un événe-
ment subit a-t-il attristé quelque famille ? Aussitôt
le nom de la REINE, de S. A. R. *madame* ADÉLAIDE,
des Princesses et des Princes est prononcé par
les infortunés, comme celui du ROI, comme
celui de Dieu même !

Et quand des loteries sont organisées pour
aller au devant d'une immense adversité, la
Reine, madame Adélaïde, les Princesses, joi-
gnent aux dons du roi et des Princes leur of-
frande secourable; mais, de plus que le ROI et les
Princes, elles envoient des ouvrages travaillés,
enrichis de leurs mains, préparés pendant les
courts moments de loisir que leur laissent les obli-
gations de leur position élevée.

Pour le repos du pays, pour son bonheur,
pour sa gloire, puisse une famille aussi belle,

aussi bonne, aussi unie dans ses sentiments pour la France, rester longtemps parmi nous!

VIVE LA FAMILLE ROYALE!

Puisse le Dieu des chrétiens conserver des jours longs et heureux au monarque qui nous gouvernet

VIVE LE ROI!

St-VINCENT.

Paris — Imprimerie de Ducessois, 55 , quai des Grands-Augustins, près le Pont-Neuf.